CEREAL

TRAVEL & STYLE

主　　编　Rosa Park
创意总监　Rich Stapleton
文字编辑　Richard Aslan

中文版主编　王菲菲
策划编辑　郝兰
责任编辑　郝兰
营销编辑　李晓彤　刘天怡
新媒体编辑　李晓彤　孙千傲

译　　者　张瑾
装帧设计　申亚申
封面摄影　Kate Holstein

图书在版编目（CIP）数据

谷物 . 10, 寂静之地 / 英国 Cereal 编辑部编著；张瑾译 . -- 北京：中信出版社，2018.9（2025.4 重印）
书名原文：Cereal 08
ISBN 978-7-5086-9340-8

Ⅰ . ①谷… Ⅱ . ①英… ②张… Ⅲ . ①游记-作品集-英国-现代 Ⅳ . ① I561.65

中国版本图书馆 CIP 数据核字（2018）第 183369 号

谷物 .10，寂静之地

编　　著：英国 Cereal 编辑部
译　　者：张　瑾
出版发行：中信出版集团股份有限公司
（北京市朝阳区东三环北路 27 号嘉铭中心　邮编 100020）
承 印 者：北京利丰雅高长城印刷有限公司

开　　本：889mm × 1194mm　1/16　　印　　张：8.75　　字　　数：120 千字
版　　次：2018 年 9 月第 1 版　　印　　次：2025 年 4 月第 10 次印刷
书　　号：ISBN 978-7-5086-9340-8
定　　价：68.00 元

CEREAL

序

为了挚爱的作家弗吉尼亚·伍尔夫（Virginia Woolf），我踏上了圣艾夫斯之旅。这个英国海滨小镇是她孩提时代和家人夏天度假的地方，也是她的成名作、自传体小说《到灯塔去》（*To the Lighthouse*）的原型。圣艾夫斯是我搬到英国后旅行的第一个地方，只为了满足自己心里的渴望，想亲自看到伍尔夫眼中的风景。我像她一样，漫步在通往珀瑟敏斯特海滩（Porthminster Beach）的花园小径上，想象着戈德雷维灯塔（Godrevy Lighthouse）出现在清晨的水雾中的样子。其他都无足挂齿，这次康沃尔周末游纯粹是我对文学偶像的致敬之旅。

抵达圣艾夫斯后不过几小时，我已经明白伍尔夫为什么热爱这个地方。温润咸湿的海风，依次排开的海滩和海湾，当地人善良的天性，微妙的蓝灰色的地平线……这一切和海面交织成一幅艾格尼丝·马丁（Agnes Martin）的画。而观赏这如画般的美景奠定了整趟旅程的完美基调。很快我了解到，从古至今圣艾夫斯就是一个艺术中心，有数不清的画廊和博物馆，包括著名的芭芭拉·赫普沃斯（Barbara Hepworth）雕塑工作室、伯纳德·利奇（Bernard Leach）陶艺工作室和泰特圣艾夫斯美术馆（Tate St Ives）。在这样的海滨风景中，意外地参观了这么多艺术馆，再加上慰藉身心的康沃尔奶茶和点心，成就了这个令人难以忘怀的假期，无怪乎我后面一趟趟回来造访。

对食物的热爱也常常是我旅行的动力，所以你应该理解我在踏上香港土地那一刻，对"饮茶"的期待几乎超出了理性的范畴。我在家时就每周末都去吃早茶，但在一家广式茶餐厅里亲手揭开一笼虾饺的盖子时，我依然激动不已。不过，香港之旅真正的高潮，是采访人气媒体品牌Hypebeast的创始人兼首席执行官（CEO）马柏荣。他对自己所从事的行业有新鲜独到的见解，在商业上取得了巨大的成功，但这些并没有改变他踏实的天性。

在上万千米之外、广阔的加拿大育空地区，我们找到了冬天的主题的灵感。在这个面积比德国还大，人口却只有36 000人左右的广袤地区，大自然主宰了一切。从绵延不绝的松树林、数不清的翠绿湖泊，到冰川、山脉、垭口以及寸草不生的冰原，你在到访之前都无从想象。沿着登普斯特公路（Dempster Highway）驾车驶向北极圈，树木渐渐稀疏，高耸的山峰最终被松软起伏的苔原所取代，冰川地形让你感觉就像是在另一个星球。这些体验将满足你对旅行的终极期待。

Rosa Park
EDITOR

目 录

1. 育空地区，加拿大

YUKON, CANADA

特别鸣谢 **EXPLORE CANADA** 和 **TRAVEL YUKON**

克卢恩

国家公园和自然保护区

文字：*Richard Aslan*　摄影：*Kate Holstein*

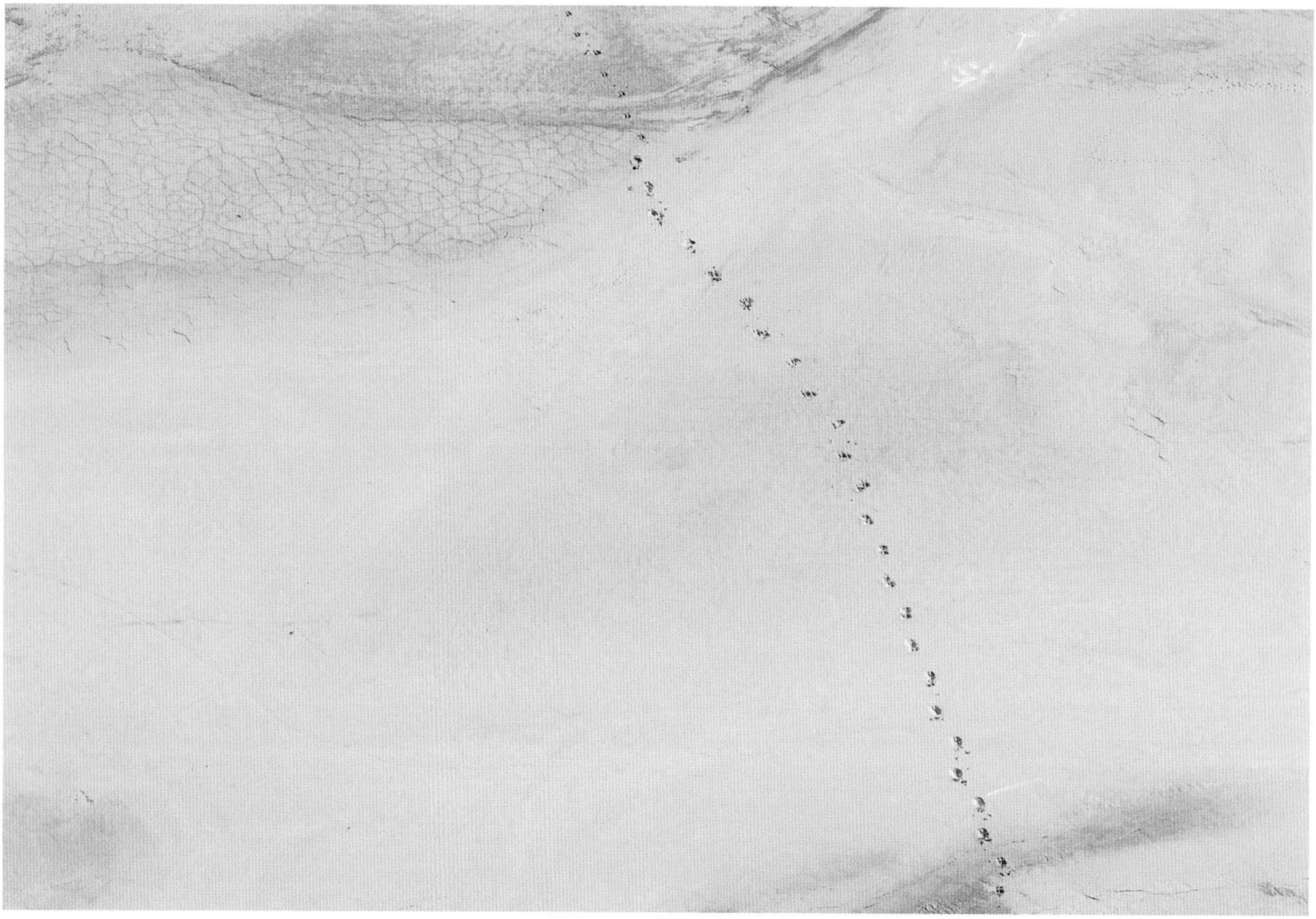

> “巨大的灰色冰面上布满了细网状的裂缝，就像大象的皮肤一样皱巴巴的；雪原上到处是深深的泪痕状裂纹，分布得颇有规律……”

飞机沿着跑道滑行，在摇曳的松树和碎裂的巨石间腾空而起。巨大的影子投在低矮的灌木丛上，映在波光粼粼的河面上，碎了一地。宽广的河床上，流水冲刷着圆滑的卵石。土地一直延伸向天空，刚开始平缓，然后突然变成垂直方向，地平线上凸起裸露的山峰。山势险峻，由千百年来不断移动的冰川雕刻成形。气温开始下降，松树渐渐消失，取而代之的是一条裹挟着沙砾的冰舌推进的碎石路。飞机不断爬升，目之所及满是克卢恩国家公园和自然保护区（Kluane National Park and Reserve）的冰原——一块不断变换阴影和纹理的单色画布。巨大的灰色冰面上布满了细网状的裂缝，就像大象的皮肤一样皱巴巴的；雪原上到处是深深的泪痕状裂纹，分布得颇有规律；一条弯弯曲曲的带状冰川流势如破竹，卷着岩石碎屑一路向前。飞机的影子动来动去，时大时小，落在河道上，像静脉一样切入水面，在阳光的照射下变成金黄色。大大小小的蓝色湖泊点缀在高原上，就像是散落在人间的一颗颗宝石。

▶▶▶

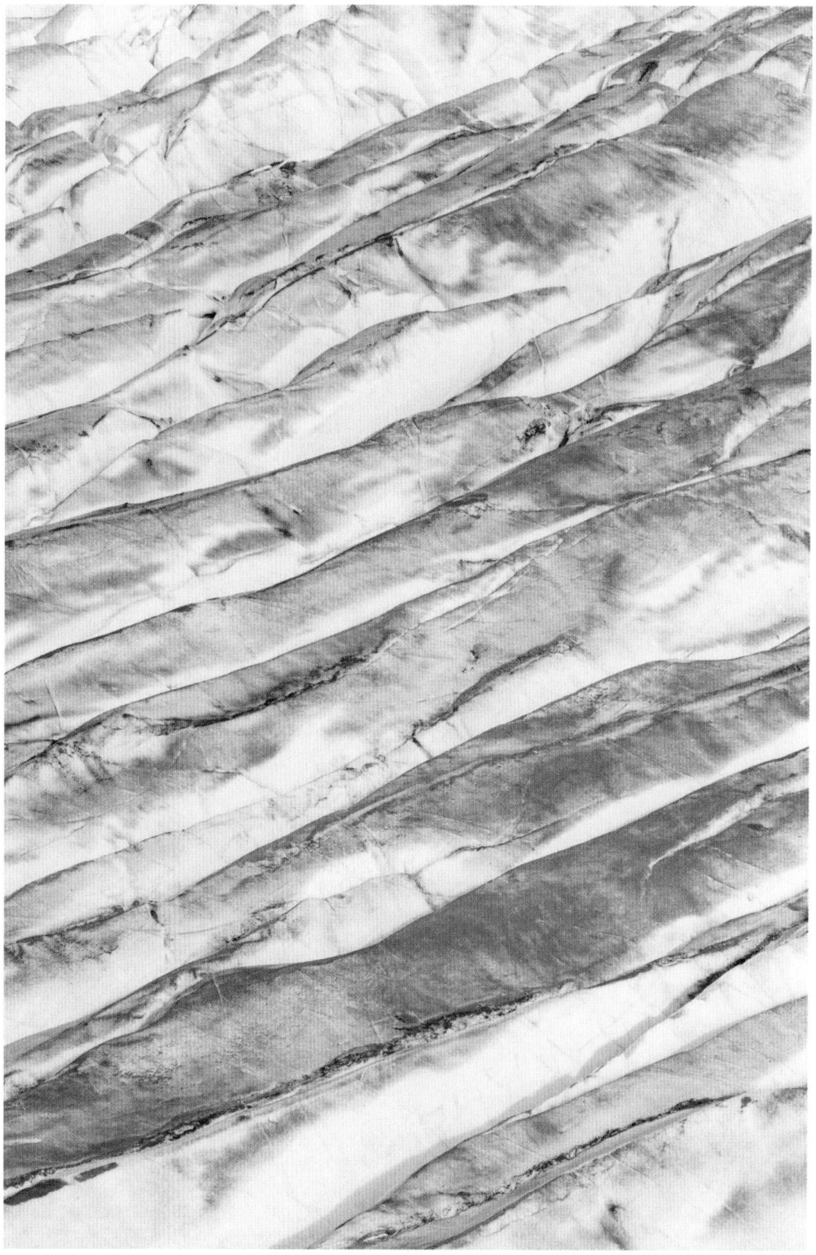

◀◀◀

冰川的形成

雪线以上，气温永远不会高到雪能完全融化。积年累月，冰雪层层叠叠越积越厚，就像树的年轮。虽然单片雪花的重量只有几毫克，但是年深日久，积雪越来越多、越来越重，下面几层的雪逐渐被压成砂糖状的细小颗粒，更下面的雪则被进一步压缩成玻璃纤维状的粒雪，最下面的则变成一层层硬实的厚冰。这些质量巨大的冰雪压碎了下面的岩石，最终达到一个临界点，开始向前运动，冰川诞生了。冰川运动极其缓慢，每年仅向前挪动几厘米，年复一年地挤压、推移、粉碎挡在它路上的所有东西。在自重的作用下，冰川也会扭曲开裂。

冰川术语词汇表

Cirque，corrie，cwm：分别是法语、苏格兰语和威尔士语，表达同一个意思——冰斗。冰川向前运动时，压实的冰会产生向下的压力，在冰川前端下方形成碗形凹陷的冰川谷。冰川融化后，其最深的地方可能会形成洼地或冰川湖。

Arête：刃脊，两个相邻的或相互侵蚀的冰斗之间形成的山脊。这些山脊间的缺口就叫作坳口（cols）。三个及三个以上的冰川在同一个点相遇，形成的地貌叫作金字塔形山峰。瑞士的马特峰就是一个例子。

Plucking：冰蚀作用，冰川流经岩石表面时“采摘”大块石头的过程。冰流入岩石缝隙，在解冻和再冻结的过程中将裂缝撑大。这些岩石被完全拆解后，就会被冰川带走。

Moraine：冰碛，冰川侵蚀造成的碎屑或残留物的统称。被留在冰川边缘的叫作侧碛（lateral moraine），冰川向前推进时被留在冰舌处的叫作终碛（terminal moraine），垂直于冰面、在冰肋里流动的叫作罗根碛（Rogen moraine）。底碛是一片宽阔的碎石河床，可能会逐渐发展成鼓丘（drumlin）或长长的小丘。

Serac：冰塔，相撞的冰川表面或裂缝间形成的塔形冰柱。对徒步者和登山者来说很危险，这些不稳定的冰塔常会毫无征兆地崩塌。

Calving：冰崩，冰川末端、边缘和冰山流水相遇时大块冰体断裂或下坠。冰崩时，冰体崩落往往伴随着巨大的崩裂声。

▶▶▶

关于克卢恩国家公园

- 位于加拿大育空地区西南部，占地面积约21 980平方千米，与阿拉斯加狭地接壤。
- 公园面积82%是山地或冰川。
- 冰原上有超过2 000条以山谷为界的冰川。
- 有世界上最大的非极性冰原和地球上最长的几条冰川，最长达60千米。
- 有加拿大最高峰洛根山（Mount Logan），海拔5 959米；此外还有三座超过5 000米的山峰，那就是斯蒂尔山（Steele Mts.）、圣伊莱亚斯山（St Elias Mts.）和卢卡尼亚山（Lucania Mts.）。

您还可以观看我们为克卢恩国家公园及其周边风光制作的短片：

readcereal.com/film

雕刻大师

北美印第安人木雕

文字：*Elizabeth Schwyzer*　摄影：*Kate Holstein & Rich Stapleton*

看基思·沃尔夫·斯马什（Keith Wolfe Smarch）的特林吉特（Tlingit，美洲原住民中的一种）木雕，你会以为他出自雕刻世家。然而，他在20世纪六七十年代的育空地区长大，对本民族的艺术和仪礼面具几乎没有任何概念，直到十几岁的时候看到一张特林吉特人"夸富宴"（potlatch）的照片。"夸富宴"是一种传统的赠送礼物的仪典。这张照片摄于1912年，上面的男人戴着头饰，穿着镶了珠子的长袍，拿着梆梆响的乐器和跳舞用的指挥棒，同时戴着木雕面具。"我环顾四周，说：'这些东西都去哪儿了？'"他回忆道，"它们勾起了我的兴趣，我想把它们重新做出来。"

如今，近40年过去了，斯马什先师从塔尔坦人和特林吉特人后裔登普西·鲍勃（Dempsey Bob），后又在美国阿拉斯加和日本等地学习，最终成为特林吉特传统木雕大师。他的作品广见于公共博物馆和艺术收藏家的私人博物馆。无论是在哪里展出，其作品总有一种特殊的力量，让人们清楚地看出它们属于哪里，创自哪里。他在家乡的工作室吸引着来自世界各地的游客。

卡克罗斯位于育空地区首府怀特霍斯以南、美国阿拉斯加州斯卡圭以北，与两地之间的距离相近，均约70千米。今天，卡克罗斯市场上到处是当地艺术品，许多商业建筑上都有醒目的红色、黑色、白色和绿松石色等太平洋东北岸的传统家族元素设计，很大程度上要归功于斯马什的影响。市场中心耸立着斯马什的一件作品——一根12米高的红雪松图腾柱。

▶▶▶

“他的作品广见于公共博物馆和艺术收藏家的私人博物馆。无论是在哪里展出，其作品总有一种特殊的力量，让人们清楚地看出它们属于哪里，创自哪里。”

这根图腾柱讲述了卡克罗斯地区商业贸易往来的故事。底部是一个特林吉特商人，上面是一个来自内陆地区的塔吉什女人，背着一箱货物。再往上看是一些动物：一只青蛙，一头虎鲸……最后栖息在柱子顶上的是神话传说中的雷鸟。有人说，育空地区第一个发现金子的人不是美国探矿家乔治·卡马克（George Carmack），而是他的塔吉什妹夫思科库姆·吉姆（Skookum Jim）。跟斯马什一样，吉姆也是“虎鲸家族”（Killer Whale Clan）的成员，所以斯马什用虎鲸来象征他。青蛙在特林吉特文化中非常神圣，也在吉姆的传说中占有一席之地。传说思科库姆·吉姆在路上看见一只青蛙陷在洞里，但因为身上的背包很重，所以没有停下来救它。那天晚上，他做梦梦见了青蛙，于是决定回去救它。尽管同伴们反对他去，但他还是返回去找到了青蛙，把它从洞中放了出来，而他则在青蛙下面发现了黄金。对斯马什来说，图腾柱顶部的雷鸟象征着黄金带来的变化：克朗代克淘金热，1900年铁路开通。淘金者们可以从斯卡圭坐火车进入育空地区，直抵奇尔库特山口，踏入金矿区，实现发财梦。

尽管包含一些现代元素，斯马什的大部分作品依然接近当地艺术传统。他做的面具、羽冠和仪礼容器与几个世纪前的风格大致相同。参观者们不一定能在工作室里见到斯马什。就像祖先们一样，他经常离开卡克罗斯，去野外打猎，设陷阱捕捉野兽。虽然被称作艺术家，但斯马什很清楚自己的主要职责是传承师父登普西·鲍勃教授的传统技艺。“他告诉我‘我教你，你也得教别人，并且得教好’。”斯马什回忆，“25年了，我一直在教传统雕刻，学生从学龄前儿童到老年人都有。很早以前我就发现教学本身让我学到很多东西。”对斯马什来说，这一切都源于1912年的那张“夸富宴”照片，以及传承本民族文化的初心，这种文化将给予奉为人生的真谛。他阐述道：“我们衡量财富的标准是我们给予了多少，而不是我们积累了多少。”为此，他专注于把自己的手艺传给下一代。他最好的学生是他27岁的儿子阿龙（Aaron）和4岁的孙子。“我的儿子最终会接管我的教学，”斯马什说，“他已经想清楚这就是他想要做的事情。我们教我的孙子雕刻，他也和我们一起在仪典上跳舞。传承传统，这就是我们正在做的事情。”

野生动物

育空地区种群群像

文字：*Richard Aslan*　插画：*Lorna Picton*

除了夏季最热的几周外，波弗特海沿岸常年冰冻。从波弗特河的分水岭到不列颠哥伦比亚省的直线边界，育空地区近50万平方千米的辽阔土地上仅居住着约36 000人。然而，这里并不寂寥，广阔的三角形地带遍布森林、湖泊、丘陵和苔原，生机盎然。有熊、海狸、驯鹿、美洲狮、鹿、驼鹿、貂、旅鼠、猞猁和水貂等，野生动物种类繁多，数量巨大。它们生活在遥远的远方，避开我们关注的视线，过着自己悲欢离合的戏剧人生。

驼鹿（MOOSE）

叫声：“Gaooooooowwwwwwwwggrr”

高度：2米

体重：500千克

寿命：10~20年

栖息地：森林、河流、湖泊、湿地

育空地区预估数量：70 000

食物：灌木、叶子、水生植物

最佳观赏时间和地点：春夏的湖边，秋季四处可见

濒危等级：无危

▶▶▶

驼鹿

Alces alces

棕熊

Ursus arctos

大灰熊(GRIZZLY BEAR)

（学名：棕熊）

叫声：“Graaaaooowwrraaaaaooor”

高度：1米

体重：250千克

寿命：20~30年

栖息地：森林、山地、苔原

育空地区预估数量：6 000~7 000

食物：根、浆果、草、驯鹿、驼鹿、小型哺乳动物

最佳观赏时间和地点：早春、深秋，克卢恩国家公园

濒危等级：无危

驯鹿（CARIBOU）

叫声：“Hrrgrmph-hrrgrmph-hrrgrmph”

高度：1.2米

体重：150千克

寿命：6~15年

栖息地：森林、山地（林地驯鹿）、苔原（荒地驯鹿）

育空地区预估数量：190 000~245 000

食物：地衣、草、柳、木耳

最佳观赏时间和地点：许多驯鹿7月会穿过弗斯河，9月会穿过波丘派恩河

濒危等级：易危

驯鹿

Rangifer tarandus

登普斯特公路

北极之路

文字：*Elizabeth Schwyzer*　摄影：*Rich Stapleton*

> “夏天，路上长满杂草，满眼的洋红色花朵与周围微妙沉闷的绿、灰及金色的背景形成惊人的对比。”

这里有灰熊、驯鹿，连绵的山峰和无尽的苔原。这片广袤无垠的天地，就连名字——“育空”（Yukon），也让人联想到无穷无尽的旷野和胡子茂盛的淘金客。登普斯特公路是北美唯一一条横跨北极圈的公路，我来此地的目的就是完成这段著名的公路之旅。光是抵达此次探险的起点，距阿拉斯加边界约100千米远的道森市，我就花了近24小时，倒了3趟航班。当小小的螺旋桨飞机在上午10点左右降落时，北极的太阳已经升起好几个小时了。

我们驾驶的SUV（运动型多功能车）是个“大家伙”，里面配备了在育空地区用得着的所有装备。我很快就在后座上睡着了，脸贴着车窗。突然，汽车轮胎在碎石上发出刺耳的摩擦声，车尾甩了个急弯。“差点儿没看见这个弯！”司机叫道。我惊醒过来，一眼注意到车外竖着的登普斯特公路南起点的标志牌。上面写着：“请注意，登普斯特公路的育空路段没有紧急医疗服务。请小心驾驶。”我查核地图，看到这是一段长约350千米、没有铺沥青的公路。我们要开整整一天，才能到达此行的目的地——鹰之原酒店（Eagle Plains Hotel），北极苔原上一个小而孤立的前哨基地。

对习惯了都市生活的人来说，育空地区就像一个童话世界。在这里，大自然战胜了人类文明。这里是北美洲真正的狂野西部，天地辽阔，河流迅疾，山林茂盛，连绵不绝，直至天际，人类在大自然面前显得尤其渺小。这里的气候出了名的恶劣，昼夜长短季节变化明显（夏天，太阳几乎刚落下就升起；而冬天，则几乎看不到太阳），天气瞬息万变。刚刚还阳光普照，下一秒就可能狂风大作。想欣赏这里的风景，意味着要学会欣赏大自然惊人的残酷和力量，不被吓倒。

开启登普斯特公路之旅不可掉以轻心，现代旅行者们最好了解一下这片土地的历史。1910年12月，登普斯特公路开通近50年前，皇家骑警队的4名巡逻警察从加拿大西北部的小村庄麦克弗森堡（Fort McPherson）出发，前往750多千米外的道森市。53天后，登普斯特警长带领的搜查小组找到了他们的遗体。他们饥寒交迫而死，在距离出发地只有40千米的地方。

◀◀◀

虽然全程裸露没铺沥青，但登普斯特公路建在高高的砾石护坡上，避免了在夏季解冻期间沉入地下。尽管有些高手曾驾驶摩托车，甚至骑自行车完成了这段公路之旅，但我们还是强烈推荐四轮驱动汽车。无论你的交通工具是什么，我都保证你会经历尘土、极冷极热、雨和烈日的考验，饱览到永世难忘的壮观风景。

往北走不远就进入了墓碑山地公园（Tombstone Territorial）。这是一个面积超过2 000平方千米的地区，地势从永冻层渐次升高，直到锯齿状的山峰，看起来就像是一堆墓碑，故得此名。这段路我们驾驶得很慢，因为每个拐角都值得停下来好好看看风景。夏天，路上长满杂草，满眼的洋红色花朵与周围微妙沉闷的绿、灰及金色的背景形成惊人的对比。天上，云朵飞舞变幻；地上，前一分钟还是个阳光普照的山谷，后一分钟就变成了阴暗多云的盆地。

这里也是灰熊的国度，游客需采取一切必要预防措施，然而熊还不是唯一需要注意的野生动物。登普斯特公路两边也是阿拉斯加－育空驼鹿、野大白羊、旱獭、北极燕鸥，甚至濒危物种游隼的故乡。抵抗住了看野生动物的冲动，我们一路向北继续前进，直到这些墓碑似的陡峭山脊被更圆润柔软、线条流畅的山峰所取代，此时已经进入墓碑山地公园和奥格尔维山之间的路段。每年恩吉尼尔河岸到奥格尔维河这段公路会消失一段时间，只剩下永冻层上的苔藓和地衣，这时北极云杉变得更矮更细，歪歪扭扭。

过去10万年里此地风景变化不大。从亚洲通过白令陆桥一路向东来到这里的第一批人类，看到的景象很可能和现在的差不多。越往北走，一种持续的但不难耐的孤独感降临在我们身上。离家千万里，最近的现代化大城市也要开很多天才到，我比以往任何时候都离文明更远。一小时又一小时过去了，我们离我们所知道的一切越来越远。我内心既隐隐感到不安，又有种巨大的解脱感。我不再惊叹大自然的神力，也不再被四面八方连绵不绝的树木所吸引。我靠回椅背上，凝视着窗外，陷入冥想般的恍惚之中。

▶▶▶

◀◀◀

到达鹰之原酒店时已是晚上。在看了如此长时间的空旷荒野之后，这家酒店看起来就像是一座海市蜃楼。周边的斜坡上装饰着一盆盆牵牛花，附近有餐厅、加油站、商店和办公室。这里是登普斯特公路南端道森市和北端伊努维克市之间的中点，780千米路上唯一的落脚点，在这里可以加油或者吃顿热饭。我点的鲑鱼分量很足，蔬菜盘和育空之金（Yukon Gold）啤酒也像是奇迹。也许是饭饱神虚，也许是到达目的地让我瞬间松弛下来，我突然觉得筋疲力尽。从昏暗的大堂蹒跚走回房间，戴上眼罩（至少在夏天，眼罩是育空地区旅行的重要装备）后，我睡死过去。

再次拉开窗帘时，已是烈日当空，过8点了。因为事先得到严厉警告——灰熊在这个地区非常活跃，我只好在酒店范围里走走。空气极其新鲜，每次呼吸都好像在清洗肺里的灰尘。我在一个观景台上朝北极圈瞭望，在这条30千米以外人类假想出来的线里，夏至那天太阳终日不落。我能想象到，从那儿再往北、往更西北的地方看去，树木完全消失，景色几近阴沉。该回南方了，我又停了几分钟，体会在远离大多数人类的地方看北方的感觉。最终，我转过身，既不情愿又松了口气，回到车上，踏上了回家的旅程。■

插曲

精选

冬日暖香·香氛蜡烛

摄影：*Rich Stapleton* 艺术指导：*Rosa Park*

Maduro Leaf by PENHALIGON'S

Pomegranate Noir by JO MALONE

Nag Champa by MAD ET LEN

Kobe by ASTIER DE VILLATTE

Santal 26 by LE LABO

斯塔尔住宅

案例住宅22号

STAHL HOUSE

CASE STUDY HOME

文字：*Lucy Brook*　摄影：*Rick Poon*

这幅画面如此熟悉：一栋角度独特的大房子，由水泥、钢筋和玻璃材料建成，坐落在洛杉矶高处，好莱坞的灯光在其脚下仿佛一块集成电路板。房里，巨大的地板和天花板、玻璃墙之间坐着两个女人，她们衣着时髦，姿态放松，漫不经心地聊着天。朱利叶斯·舒尔曼（Julius Schulman）的这张《案例住宅22号》（*Case Study 22*）照片是世界上最具代表性的照片之一，巧妙地捕捉到了20世纪50年代弥漫在洛杉矶的乐观情绪，以及建筑师皮埃尔·柯尼希（Pierre Koenig）的杰作斯塔尔住宅（Stahl House）的惊人之美。这座经典的L型建筑，在被纳入“案例住宅计划”以后，建于1959年，位于伍兹路（Woods Drive）上，悬于好莱坞上空。案例住宅计划是20世纪50年代“住房热”开始后的一个实验性计划，由不同设计师创造完成。斯塔尔住宅，也就是“22号”，是一个非常大胆狂野的项目。1954年梦想家CH·巴克·斯塔尔（CH Buck Stahl）花13 500美元买下了伍兹路1635号这块地，连合同都没签，握个手就成交了。然后，他和妻子卡洛塔（Carlotta）开始为自己前卫而现代的住宅寻找合适的建筑设计师。

巴克既做过职业橄榄球运动员，也做过平面设计师和签约画家。刚买下这块地的前几年，他运来大量混凝土碎块打地基，和卡洛塔到处找废水泥，装在他们的凯迪拉克后备箱里，一车一车地拉回伍兹路，希望借此防止土体坍塌。在接下来的两年中巴克的梦想逐渐成形，最终他做出了一个模型，即未来的斯塔尔住宅。然而，他的宏伟计划被几位著名建筑师一一否决了。

2001年巴克告诉塔申：“（他们）看了看这个地段，说不可能，我父亲也说我疯了。”

卡洛塔记得巴克不断地跟有意向的建筑师述说：“我不在乎你怎么实现，总之房子里不能有墙。”一直到1957年，雄心勃勃的年轻建筑师皮埃尔·柯尼希才接下了这个项目。他下定决心要在这个没人敢盖房子的地方，建一栋不可能存在的建筑。皮埃尔把斯塔尔住宅的建筑过程描述为“努力解决一个问题——如何让顾客用买啤酒的钱享受到香槟的味道”。他想用钢作为建筑材料，他认为这种材料的可塑性很强，尽管他的导师一直警告他这样行不通。在完成1958年和1959年的案例住宅21号——贝利住宅（Bailey House）之前，他已经试验性地

▸▸▸

◀◀◀

建过一些裸露的玻璃和钢结构建筑。他擅长设计简洁实用的空间，里面自然光充足，线条优雅，最终他凭借这些特点成为现代主义大师。斯塔尔住宅耗时13个月、耗资37 500美元建成，进一步证明了皮埃尔在运用工业材料，特别是钢、玻璃和混凝土等材料上的天分。他在对称、平衡、整体把控方面的不可思议的精准眼光让他一举成名。正如巴克所坚持的那样，2 040平方米面积的房子在主翼没有任何墙壁的情况下，实现了270度全景景观。在20世纪50年代末期，一座建筑三面都是平板玻璃，简直是闻所未闻，工程师们和建筑师们都认为这样太危险了。这种设计要求皮埃尔找到当时当地市场上能提供的最大玻璃。整栋别墅包括两间卧室、两间浴室，以及抛光的水泥地面和一个非常著名的泳池（这个泳池引来无数影视拍摄和时尚报道）。斯塔尔住宅马上成了20世纪中叶的标志性建筑。

皮埃尔和巴克先后于2004年和2005年去世，此后尽管人们对于巴克到底对这栋房子的设计产生了多大影响有些争议，但见过模型的一些专家认为，巴克最初设想的模型为斯塔尔住宅最终的设计指明了方向。

建筑师兼作家约瑟夫·焦万尼尼（Joseph Giovannini）2009年对《洛杉矶时报》说："巴克的模型显然是要把房子以悬挂的姿态建在山坡上，我最开始认为这是典型的业主的傲慢自大，但是皮埃尔将这个想法变成了杰作。这是业主和建筑设计师成功合作的罕见案例。"

今天，斯塔尔住宅仍归斯塔尔家族所有。尽管它依然吸引着世界各地的电影工作者和摄影师前来，但对于巴克和卡洛塔的儿子，在此长大成人的布鲁斯·斯塔尔（Bruce Stahl）和他的兄弟姐妹来说，这里只是他们快乐童年的一部分。布鲁斯说："我们是一个生活在白领房子里的蓝领家庭，这里从没住过什么名人。"■

ESK

ESK Cashmere

苏格兰针织奢侈品牌

ESK CASHMERE

LUXURY KNITWEAR FROM SCOTLAND

文字：*Lucy Brook*　摄影：*Rich Stapleton*

“高质量从来不是意外，而总是智慧的结晶。”英国艺术评论家、作家约翰·拉斯金（John Ruskin）的这句话与洛兰·阿科利（Lorraine Acornley）、斯图尔特·麦克斯韦（Stuart Maxwell）的观点如出一辙。2012年洛兰和斯图尔特成立了羊绒品牌ESK Cashmere，以他们苏格兰工厂所在山谷的名字命名。没过多久，ESK迅速以出产超级柔软的羊绒衫和针织品而著名。与此同时，ESK Hause家居系列，主打有机颜料染色，如长毛绒毯和靠垫。

ESK的宗旨是做不偷工减料的高质量产品。“我跟斯图尔特的工作理念一致。”洛兰曾为Alberta Ferretti、JOSEPH和Albam等奢侈品牌做过设计。“我们认识以后，发现彼此想法相似，相处得非常好。斯图尔特已经在奢侈针织品领域做了25年，他想做一款毛衣系列，我很高兴能参与其中设计。”洛兰在伦敦工作室里画出设计图纸，然后寄给斯图尔特，由他负责生产制作。

他们只用意大利产的最好长羊绒，由苏格兰纺纱团队专门制作，以确保产品质量。洛兰说：“山羊需要4年左右的时间才能生产足够的羊绒。羊绒都会起球，但最好的长羊绒起球最少，所以我们用最好的。毛衣一织成，我们就会用苏格兰当地pH值中性的水来浸泡，使其异常柔软。这是大自然作用的结果。”洛兰在苏格兰长大，现在在伦敦生活和工作。“大自然非常美——美得惊人，美得多彩。而我也在伦敦住了20多年，从城市风景中汲取了很多营养。还有阴阳的观念，我从男性身上借了些阳刚元素以更好地平衡女性魅力。”

ESK的所有产品，从颜色选择、染色、手工缝制的标签到环保包装方面，工艺水平之高，都确保他们的衣服能穿几十年。“我们希望它就像一个被守护得很好的秘密，被你偶然发现了特别之处。ESK为所有眼光敏锐、欣赏细节的人而生。”

今天，ESK已经在世界各地被很多顶级零售店选中售卖，包括Barneys New York、Merci、Trunk Clothiers。洛兰和斯图尔特还计划在伦敦开设一家专卖店，为顾客提供更多直观体验。洛兰说：“开家专卖店是我们的梦想，因为人们能在店里亲身感受我们的产品。ESK是那种你只要亲手摸一下就知道它有多特别的好东西。”■

托斯卡纳艳阳下

影像志

TUSCAN SUN

A PHOTO ESSAY

摄影：*Rich Stapleton*　地点：*Borgo San Felice | borgosanfelice.it*

2. 香港，中国

HONG KONG, CHINA

22°18'30.1"N 113°55'09.3"E

Hypebeast

采访马柏荣

HYPEBEAST

AN INTERVIEW WITH KEVIN MA

文字：*Lucy Brook*　摄影：*Stanley Cheng & Kenneth Deng*

THANK YOU COME AGAIN
I ♥ FAKE
System
SEVENTH MAN MAGAZINE
INVENTORY
CALIFORNIA EX
HYPEBEAST

Hypebeast最开始是个人网上日志。现在，十几年过去了，它已经发展成一个不断进化的出版王国：拥有一个世界知名博客，一种平面季刊杂志，一家设计公司，一个特色网上商城。尽管取得了如此辉煌的成就，其创始人兼CEO马柏荣依然强调，支撑他走到今天的动力从未改变，那就是对发现未知的深切渴望和在纸媒、数媒上打造精选优质内容的愿望。在这次访谈中，《谷物》与马柏荣聊了Hypebeast的发展，以及香港是如何影响他的生活和工作的。

谷物：Hypebeast是怎样起步的？

马柏荣：2005年，我在温哥华的大学里度过了最后一年。我是一名运动鞋收藏爱好者，读世界各地的杂志，花很多时间上网查运动鞋的相关信息。那时我就想，为什么不做一个将所有这些碎片化信息集合在一起的平台呢？所以这一开始不是一个生意，只是一个业余爱好，一个我用于整合很多很酷的信息的日志。“Hypebeast”是我在我经常上的一个运动鞋论坛上看到的俚语，被用来嘲笑那些跟风购买而不看产品的人。我觉得这个词很有趣，就用它注册了域名。我大学主修经济学和心理学，打算进入金融行业。毕业后我先是在一家银行工作了6个月，业余时间做Hypebeast。从广告中赚了点儿钱以后，我就开始全职经营自己的公司了。

谷物：你如何描述Hypebeast这些年的发展？

马柏荣：一开始我和几个朋友只是更新博客。后来随着网站逐渐发展壮大，越来越多的人开始关注我们，我们就扩展了重点，事业自然而然就做大了。我们从鞋类开始，渐渐引入街头时尚产品。等到我们的品牌和街头艺术联系在一起后，我们又以此开始进军高端艺术、设计和摄影领域。最后，我们也进入了高端时尚领域。一开始人们还说：“哦，你们是一个鞋类博客啊——只是，你们为什么谈论艺术呢？”过段时间后他们就意识到，Hypebeast是一个涵盖了所有生活方式的绝佳平台。

谷物：你认为Hypebeast如此成功的秘诀是什么？

马柏荣：我们只专注我们感兴趣的内容。作为一个团队，我们不断谈论我们的喜好，然后和大家分享我们的观点。你若是喜欢，那真是太好了；你若是不喜欢，那也没关系，这些信息都是免费的，你不需要为此付费，对吧？如果你想来转转，我们欢迎；如果你不想，那也没关系。我们的理念始终如一：找到我们自己喜欢的东西，把它们放到网上。

▸▸▸

> “在一个不知名的地方，发现一家跟网络毫不沾边的精品店，真是美妙极了。这也许老派，但是我真的很喜欢这种发现新事物的感觉。”

谷物：这跟网上一般免费共享数字内容的策略完全相反。

马柏荣：没错。我们的方式是展示新设计师、新品牌和新艺术家的作品，这些作品在其他地方没有展示的平台。随着社交媒体的普及，现在展示新人的作品显然比以前容易多了，但很多很酷的事情可能还是完全不为人所知。我们有责任与大家分享他们的作品，我们很兴奋自己能做这些事。

谷物：你为什么选择香港作为Hypebeast的基地和自己的家？

马柏荣：我是在这里出生的，和很多来自香港的亚洲家庭一样，我们家是移民到的加拿大。我在温哥华长大、上学、工作。温哥华是一座非常棒、非常美丽的城市，但我已经在那儿生活了20多年，感觉该去一个新地方试试了。那为什么不回到我出生的地方呢？于是2007年我搬回了香港，从那以后一直在这里生活和工作。

谷物：这座城市如何影响你和你的工作？

马柏荣：香港给了Hypebeast一个国际化、全球化的视野。这是一座节奏非常快、文化非常多元的城市，吸引了世界各地的很多企业和国际人士。这里有日本、韩国，以及东南亚、欧美等国家和地区的众多品牌。如果我是在美国或者加拿大，我可能不会有这么大的影响力。

谷物：你从哪儿寻找灵感？

马柏荣：我总是回过头来看各种纸质杂志，一直如此。从一开始我就爱看时尚、设计和生活方式杂志，到现在仍然喜欢。纸质杂志的策划能力是惊人的。互联网追求速度，但纸质杂志没有这个限制。纸媒工作者们可以花上一个月，甚至几个月，发现他们想要的东西，然后以一种独特的方式呈现出来。旅行也会带来灵感。在一个不知名的地方，发现一家跟网络毫不沾边的精品店，真是美妙极了。这也许老派，但是我真的很喜欢这种发现新事物的感觉。随着年龄渐增，我发现与事物之间的切实联系变得越来越重要。不是所有事情都能数字化。

点心

共享食物的仪式

DIM SUM

AN EATING RITUAL, SHARED

文字：*Charlie Lee-Potter*　摄影：*Samantha Goh*

“不管真相如何，点心的美妙之处都在于此：每个人都可以点自己所爱，然后共度一段美好时光。”

还是学生时，有一年假期我在伦敦一家保险公司拥挤的办公室里做茶点服务生。我推着一辆咿咿呀呀的手推车，上面摆满茶、蛋糕和各种小零食，上上下下，穿梭在各个楼层的走廊间，倒茶、端茶、加糖、收钱、找零钱。那个假期以后，我也正式在手推车王国里有了一席之地：点心车指挥官。

在一些餐厅里，点心车已经过时了，被简单的点餐服务所取代：客户只需要在一张单子上画出自己要吃的点心，交给服务员就行，再也不用等着满车富含热量的食物被推到眼前。不过，我是一个纯正的点心爱好者，无法抗拒穿梭在餐桌之间、蜿蜒而来的沉重金属车的老派魅力。它就像一艘远洋邮轮一样滑过来，上面烟囱一样的钢质或竹质蒸笼中飘出猪肉、鸡肉、萝卜、面条和发糕的香味，经过时偶尔还会绊一下顾客的脚。

严格说来，点心不应该在下午5点以后才供应。事实上，点心是传统早茶。厨师通常在凌晨3点起床，花2个小时准备，切菜，蒸煮，揉卷，包馅，然后开门营业，外面是饥肠辘辘排队等候的顾客。当然，没有茶就不能叫“早茶”。粤语里也确实不说“吃点心”，而说“喝茶”或“饮茶”，让人混淆困惑。

饮茶是有规矩的。不能先为自己倒茶，而要先为邻人倒茶。等到别人为你倒茶的时候，要用指节敲打桌子以示感谢，这是模仿鞠躬致谢的礼仪。结了婚的人用食指和中指敲，单身的人则只用食指。如果是离婚的，我就不知道该怎么办了。茶壶空了以后，要把壶盖反过来，提醒服务员该加水了。要是怕某道点心快卖完了，你也可以从座位上跳起来，追上小推车直接点菜。不过，对我来说，应该是小推车来找食客，而不是食客去找小推车。

▶▶▶

◀◀◀

每个人都有自己最爱的点心，如猪肉蒸饺、牛肉丸、春卷、萝卜糕、叉烧包、红豆沙麻团、蛋挞、糯米荷叶鸡。我最喜欢的是har gao，也就是虾饺，不仅因为它美味，还因为它米做的饺子皮。虾饺好吃的秘诀是，蒸煮以后，饺子皮薄而透明，里面的馅清晰可见。我常常想，要是能把西伯利亚贝加尔湖的多脂鱼包在虾饺里该有多好。贝加尔湖的多脂鱼也是透明的，也就是说，把一个虾饺放在书上，仍然能够看见下面的字！把一个透明的饺子放进嘴里，那感觉肯定妙不可言！好的面点师傅做起虾饺皮来真可谓神乎其神，又快又熟练。从长长的像香肠一样的面团上揪一小块，滚成球，啪啪两下，用一把大刀拍扁，成了。要是个新手，饺子皮没准儿会变成婴儿袜子的形状。而一个专业面点师做出来的永远是完美的圆皮，里面鼓鼓地包着猪肉或虾。其最后的绝技是虾饺的卷边，如果一个厨师包出来的虾饺有至少10个完美的褶子，那他一定是个高手了。豉汁蒸凤爪也是一道著名的茶点，尽管我不太能欣赏。这道菜是先炸后蒸，凤爪蒸出来的样子有点儿可怕，让我想起肿胀的脚踝和外科手术用的长筒袜。

据说，“点心”的意思是“触动心灵”。还是个孩子的时候，我以为这是因为每一口美味的食物都如此袖珍，以至于我们咽到肚子里的时候，它们只能轻轻地擦过心脏。显然，我对人类消化系统的想象完全不靠谱。后来我又听说，“点心”真正的含义可能源自一个古老的中国勇士的故事，他把最后一口粮食与他的伙伴们一起分享，每人一小块，象征他的忠诚和爱心。不管真相如何，点心的美妙之处都在于此：每个人都可以点自己所爱，然后共度一段美好时光。这也是为什么这么多人有如此鲜活快乐的“饮茶”印象。点心真的是触动心灵的食物。■

NORTHERN STAR
547P.
HONG KONG

天星小轮

平静水域上的观光之旅

STAR FERRY

VOYAGE OVER STILL WATERS

文字：*Alexander Lendrum*　摄影：*Rich Stapleton*

A297

“尽管小渡轮依旧吱呀作响，空气中满是海盐和汽油的味道，到处是背着相机大惊小怪的游客，但都没有影响我对它的喜爱。”

著名的天星小轮每天从港岛渡至九龙，载客约70 000人次。在粤语里，无论是“香港”还是“Hong Kong”，意思都是“散发香气的港口”，而天星小轮经过的水域是香港最知名的景点之一。在这里长大的人，很容易把渡轮当作日常生活的一部分，而不是一个旅游项目。然而，在香港这座世界上最快的城市（之一），到达彼岸的唯一方法却是最慢的交通工具，即便是厌倦了它的人也不得不承认，这巨大的反差里有种绝对的美感。另一个让天星小轮显得很“酷”的事实是它惊人的便宜的船票：平日票价2.50港元（约2元人民币），周末票价3.40港元（约3元人民币）。

现在乘坐天星小轮渡海只需10分钟，但它刚开通的时候要花1个小时的时间。1880年，波斯厨师——都拉吉·那罗基·米赛瓦拉（Dorabjee Naorojee Mithaiwala）开始用他的蒸汽船“晓星号”（Morning Star）做轮渡服务。约10年后亚美尼亚裔商人凯奇克·保罗·查特（Catchick Paul Chater）买下其所有4艘船。因为每艘船的名字里都有“星”字，于是凯奇克成立“天星”小轮公司。现在，这些美丽的小渡轮连接了港岛的中环、湾仔与九龙的尖沙咀。湾仔码头和尖沙咀码头的乘船点一直没变，而中环码头的乘船点从爱丁堡广场——我童年记忆中的海滨地标——迁到了现代的中环7号码头。尽管小渡轮依旧吱呀作响，空气中满是海盐和汽油的味道，到处是背着相机大惊小怪的游客，但都没有影响我对它的喜爱。偶尔跟一个老船客（上班族）对视，彼此交换一个眼神，表示一下对周围这些过分激动的人的厌烦，也算是种安慰。

在不那么吵闹的日子里，如果阳光正好，你能捕捉到小轮这段旅程最迷人的时刻。还有很多这样迷人的细节，比如观察工作人员如何抛锚，他们只是轻轻一抓，就能毫不费力地抓住粗大老化的绳索，用木钩把钩子系在船坞上。轮渡的航程也精准得近乎完美，你若愿意，就请戴上耳机，听听喜欢的音乐吧，你会感觉这段“最慢轮渡”一点儿也不慢，还可能是你一天中最放松的时刻。在香港生活了大半辈子，我仍然时常感叹这座城市的美。而且毫无疑问，它最美的角度就是从这片平静的水域上远远地欣赏。■

ageas

3. 圣艾夫斯，英国

ST IVES, UK

50°12'58.5"N 5°28'39.8"W

利奇陶艺

形状与形式的艺术传承

THE LEACH POTTERY

LEGACY IN SHAPE AND FORM

文字：*Charlie Lee-Potter*　摄影：*Finn Beales*

“利奇曾经说过，他出生于一种‘古老文化’，这种‘古老文化’奠定了他的艺术理念。‘在土地深处，文化的根源仍在流淌……’”

伯纳德·利奇陶器既是政治宣言，又是艺术品。从它安静柔和的色彩，触感柔润的表面，繁复抽象的花纹，未上釉部分的有意留白，就可以看出其红土原料的特性和产地。最重要的是，它静静地摆在那里，就让你觉得一定要使用它。

利奇年幼时在日本生活了3年，此后一生与日本的联系从未中断。十几岁的时候，他在伦敦的斯莱德美术学院学习，师从眼光独到精准的知名艺术家亨利·汤克斯（Henry Tonks）。他建议利奇不要搞艺术。可利奇偏偏是个不妥协的人。1909年，利奇回到日本，打算做个艺术家，教授蚀刻。一次聚会具化了他的艺术理想，聚会上客人们喝茶，学习黏土艺术，在陶罐上画画，然后低温烧制。与其他客人一起，利奇拿起陌生而奇怪的画笔，笨拙地画了两个罐子，然后放进一个小型便携式窑炉里。他看到了温度转化陶土质地的过程，釉彩融化后透过窑洞孔发出光彩。等窑炉打开，流光溢彩的陶罐被一一取出放在瓷砖上后，光彩又慢慢消失，真实的颜色显现出来。“又过了5分钟，我们就将一小时前才刚刚画好的作品，小心翼翼地拿在手里端详了。”那一小时不仅让陶罐大放光彩，也改变了利奇的艺术野心。在这个黏土聚会上，利奇偶然认识了日本著名陶艺家滨田庄司（Shoji Hamada），两人后来成了好朋友。1920年，滨田和利奇一起去了圣艾夫斯，帮助他创作陶器。

利奇早期的作品大致分为两种：一种是汲取宋朝传统和美学的奢华贵气风，一种是能批量生产的家用粗陶风。最终，这两种风格融合成利奇的商标，他还称其为“标准器皿”，直至今日这依然是利奇陶器的主要特征。陶艺家埃德蒙·德瓦尔（Edmund de Waal）写了本关于利奇的书，书中不乏睿智的观察和偶尔的批评。他说“标准器皿”是个有力量的词，“它不仅代表了这些作品普遍具有的持续性、易于生产及销售的特点，而且昭示了利奇的标准：得体、端庄、权威”。

利奇还是个不知疲倦的辩论家，经常把时

◀◀◀

间用来申明他的陶艺宣言，而不是制作陶器本身。1928年，在《陶艺师的观点》（*A Potter's Outlook*）这本小册子中，他阐释了关于可购性、可用性和功能与形式的重要性等观点。他尤其谴责工厂批量生产的陶器，说人们买它们仅仅是因为它们“廉价、标准化、薄、白、硬、防水”。他评论这些陶器“形状丑陋，颜色激烈粗暴，设计平庸，质量不如人意”，尤其是这些陶器“尚未完成，不接地气，就是一场儿戏”。

跟着利奇学习、在圣艾夫斯利奇陶艺工作室工作的知名陶艺家有利奇的儿子大卫和迈克尔，（外）孙子孙女西蒙、菲利普、杰里米和约翰、理查德·贝特汉姆、诺拉·布雷登、凯瑟琳·布蕾戴尔－布弗里、威廉·马歇尔，抽象艺术家帕特里克·赫伦、珍妮特·达内尔（后来成为利奇的第三任妻子）和米歇尔·卡迪尤。他们中的许多人以各自不同的方式吸收了利奇的理念，如贝特汉姆作品和谐平滑的切面，约翰·利奇穆切尔尼陶器安抚人心的曲线、柔和的色调和结实的质地，大卫·利奇作品的线条感。利奇曾经说过，他出生于一种“古老文化”，这种“古老文化”奠定了他的艺术理念。“在土地深处，文化的根源仍在流淌，它在智性之外，赋予作品形式、模式和色彩。”有些人对此持不同意见，认为这样的定义排除了未来创新的可能，也暗示着没有历史意识就没有艺术创新。也许直根系植物的样子可以更直观地展示利奇的艺术传承：从20世纪初日本黏土艺术聚会的顿悟中，发展出一种新的陶器制作工艺，这种工艺一直秉承着克制、实用、和谐的理念并被广泛运用，古老的传统文化一直在滋养着我们今天的生活。■

科尼什语

如果语言可以言语……

CORNISH

IF THE LANGUAGE COULD SPEAK ...

文字：*Richard Aslan*　摄影：*Jonathan Gregson*　艺术指导：*Peta O'Brien*

你叫什么名字？

在英语中我叫科尼什语，但我自己的名字叫康瓦尔语。重音在第二个音节，就是"ker-ne-wek"。

你来自哪里？

我的家族在铁器时代就移民到这些岛屿上了，所以我到这里很久很久了。历史学家们仍在争论到底有多久，其实罗马人来的时候，我已经很老了，只是直到9世纪历史上才有了关于我的记载。我的第一句话就是拉丁文手稿边缘处标记的"ud rocashaas"。这可不是孩子的呓语，它的意思是"头脑不喜欢阴郁的地方"。后来很快有了科通伊安词汇表（Cottonian Vocabulary），其中包含360页被翻译成拉丁语的科尼什语。

能不能讲一讲你的系谱？

我是凯尔特语的一支。凯尔特语曾有很多分支，分布在欧洲乃至亚洲，但许多很久以前就消失了。现在凯尔特语只在大西洋东海岸剩下6个分支，分属于两个语系。布立吞语（Brythonic）的分支包含威尔士语、布列塔尼语和我。我和布列塔尼语像双胞胎一样亲密，我们可能并不完全一样，但你只要听得懂一个，就能听懂另一个。我们有3个盖尔语表姐妹，即爱尔兰语、苏格兰盖尔语和马恩语。这3种语言跟我们很不一样，但是她们之间的相似处很多。马恩语虽然刚听时很怪，但实际上也跟她的其他两个表亲很像。

你长什么样儿？

我看起来肯定不像英语，因为我们只是很远的远亲。要我说，我就像我自己，就是这样。不过，下面这首蒂姆·桑德斯的诗，可以让你更加了解我：

Lannwedhennek

Pan bowes roev, pan bowes pal,
yth hedh an how yntra heyl na hal:
ot anall glor yn-tromm war ow thal.

你家在哪里？

很久以前，整个康沃尔郡都是我家，从塔马河畔一直到陆地尽头。随着时间的流逝，我被推到了更远的西部。好在就在快要完全被赶出去之前，我的境遇终于发生了逆转。幸运的是，我又重新回到了森嫩湾到索尔塔什之间的地域，出现在商店的招牌和公共场所里。当你进入康沃尔的边界时，就会看见我站在那儿欢迎你：Kernow a'gas dynergh！

▶▶▶

◀◀◀

你每天都做些什么？

心安即是家。文学和诗歌都很美好，但是如果不和人们一起生活、共度时光，我就没有未来。你能在厨房、客厅，甚至酒吧里找到我。我想待在那里，提醒人们不要说“Cornish pasty”（科尼什馅饼），而要说“hwiogen”；劝说他们“te”（茶）中是放“godra”，而不是牛奶。我要告诉他们，是“kor”，不是啤酒！我也相信教育的力量，所以你也能在有年轻人的地方找到我。我的第一家托儿所在2010年开业，很快我还会有一所学前班。过不了多久，新一代就会说“dehen rew”而非“冰激凌”了。

你有哪些朋友？

我结识最久的老朋友是渔夫，他们把“fumado”——沙丁鱼打回来，然后他们的妻子就拿去市场上卖掉。他们消失以后，我就没有朋友了。有人说我和他们一起死了，于1777年被葬在多莉·彭特里思（Dolly Pentreath）旁边的坟墓里，或者是1843年跟安妮·沃利斯（Anne Wallis）一起死了？又或者是1879年和凯瑟琳·罗林斯（Catherine Rawlins）一块死了？关于我已死亡这件事众说纷纭，还有人说我没有死，只是藏在了小木屋里和渔船上而已。浪漫主义文学家们是我的第二好朋友，他们想让我复活——如果我真的已经死了的话。这是一个漫长的过程，不过现在，即便是联合国教科文组织也承认我回来了。“严重濒危”虽然也不怎么好，但相信我，这可比“灭绝”好多了。有些位高权重的朋友总是好事，2000年欧盟赋予我“少数民族语言”正式地位的时候，就是我的一个转折点。现在，我的朋友人数还在不断增长。到底有多少取决于你问谁，反正就算不是数以千计，也是数以百计。

你对未来有什么展望？

不同派别对我应该长什么样、往何处发展持不同意见。但现在看来，该把这些争议都抛诸脑后了。2008年，标准书面形式被确定下来，我们明确了彼此的区别。一年以后，一本美丽的字典*An Gerlyver Meur*出版。我不想对命运抱有太大企图，但目前看来，未来一片光明。■

芭芭拉·赫普沃斯

雕塑工作室及花园

BARBARA HEPWORTH

SCULTURE WORKSHOP AND GARDENS

文字：*Richard Aslan*　摄影：*Finn Beales*

> “我在一个白色的雕塑基座旁边找到了她，椭圆的铅笔线和凿子的指引线还在上面；我在门口的一堆花岗岩里找到了她，那些石头急着想知道自己会变成什么样子。”

这张黑白照片摄于1972年。那时她已是一位老妇人，耳朵以上遮着围巾，脖子上挂着华丽的吊坠，手腕上戴着简洁的金属手镯，左手的食指和中指间夹着一支香烟。她额头很高，上面皱纹交错，眼睛看起来都超出了画面的框架。面部轮廓硬朗如雕塑，但脸上的表情却高深莫测。在她身后，洁净明亮的石头上有个光滑的梨形凹陷，中间有个圆孔。光线穿过圆孔，白色穿过白色。

我仔细观察了屋子中央的玻璃展柜，这里是芭芭拉·赫普沃斯圣艾夫斯的住所。整栋房子被漆成白色，很是简朴的样子。我想从那些信件、证书、奖状、庆典照片和最终的讣告中拼凑出这个女人的样子。白墙上的灰色文字，字里行间无不指向一些重大日期和成就，空隙间我瞥见她窄而优雅的脸庞。我只能看到她的轮廓，真正的细节隐匿其中。我爬上楼梯，想在楼上找到更多关于她的蛛丝马迹。这是一间光线充足的客厅兼画廊。墙上挂了一圈小木雕作品，它们像一群观众或是陌生派对上略显胆怯的客人，而派对女主人神秘缺席了。壁炉台上的一大块烟水晶，好像时刻在俯视着我们。

泰恩工作室（Trewyn Studio）位于圣艾夫斯中心陡峭的山坡上，是芭芭拉1949年至1975年间的家，1975年她在一场火灾中去世。这个地方“好像有魔法”，一年四季都给她空间和光明，让她能在室外雕刻。这里有种“异域风情”，让她仿佛回到了过去那些产生灵感的地方。她的老家约克郡“不断变化又始终如一”，有着沉重的地质结构和伤痕累累的地面，在那儿她有了最初的“形状和纹理”的记忆。意大利是她学习雕刻的地方，是一个“伟大的光之王国，那里的光揭示了形状、轮廓和色彩的各种微妙变化”。

花园四周的白色围墙上，集中展示了芭芭拉·赫普沃斯最喜欢的作品。空气中的小飞虫嗡嗡作响，留下杂乱的轨迹，阔肩细腰的雕塑在飞虫下面静静地伫立着，与之形成完美的对比。这些雕塑是形状与空间的融合，是调色刀和手指在石膏和青铜上留下的痕迹，如鲸鱼光

▶▶▶

滑的皮肤上的伤疤。我瞥见了一个圆形出口，那里通向远处沙沙作响的竹林。石头和金属雕塑如同警卫般站在丛中，藏匿于小路上四散蔓延的叶子里。它们半斜着身子，线条、形状和身体都充满了生命力。我缓缓地散着步，想在花园里搜集更多的信息，从中拼凑出一整个她。我把手放在一个巨型女性雕塑的身上，“她”的皮肤冷得让我想到了青铜的导电性。一个躺卧的雕塑腹部形成一个小水洼，里面的水满得几乎要溢出来流向后面。一个站姿雕像的线条从骨盆伸展到肩胛骨，旁边结着一个蜘蛛网，缠绕在芦荟尖上。看着看着，我的头脑开始把一切都转化成雕塑。叶子背面肋骨般的叶茎，大型藤蔓植物肌腱般的线条，爬满常春藤的墙上伸出的像水龙头一般的枝蔓，碎石路上的空隙，这些有意无意的形状和线条，安静而完整地排列着。花园沉默着，它的主人不在这里。一只大灰猫睡在小路上的一片阳光里，它习惯了陌生人的存在，对我在它耳后轻挠都无动于衷。

我用手挡住阳光，往她工作室的窗户里看。她就在那里等着我，在那些文件、锉刀、凿子、木槌、钩子和刨子之中，在每一件作品的表面，在排列的雕像中间。我在心里想象着她正在烟雾缭绕的屋子里选择合适的工具，用沾满石膏粉的指尖估测着作品的重量。我在挤满架子的罐子里看到了她。我看见她双手稳稳地拿着一个画着一只鸟的清漆罐子，把树脂倒入一个橘子酱锅里，拧紧一个装满胶水的香料罐盖。门上的挂衣钩上，挂着一顶贝雷帽、一条牛仔裤，还有三件夹克：一件黑色的，一件蜜桃色的，一件皮的。从这些衣服的褶皱里仍依稀可见她当年的姿态。我在一个白色的雕塑基座旁边找到了她，椭圆的铅笔线和凿子的指引线还在上面；我在门口的一堆花岗岩里找到了她，那些石头急着想知道自己会变成什么样子。她在所有正在创作和已经完成的作品里；在凿子凿下的碎屑里，每一凿都伴随着叮当声和震颤感。

她停下来，端详着自己的作品，手在衬衫上抹了抹；她拿起一包香烟，肩上搭了一件夹克；我跟着她来到花园里，坐在她旁边的一个脆弱而破烂的藤椅上，周边有天竺葵、喷水壶和蜘蛛网；她抽着烟，凝视着不远处，脑海里浮现出新的形状。我翻着参观博物馆的孩子们留下的一堆明信片。“我爱您的雕塑。科拉，5岁。”“您是怎么做到的？我从来没有见过比这更好的雕塑。德克兰，布里斯托尔，8岁。”“我喜欢您的雕塑，这些洞都大大的。天堂见，爱您的贝拉。”

她说：“通过头脑、手和眼睛感觉、触摸和看，感受从来没有离开过我。我，一个雕塑家，就是风景本身。”她掐灭香烟，站起来，回到自己的作品中。我跟着到了前门，敲击声重新响起。我向左转，走到通往海边的鹅卵石小路上，抬头看见海鸥正在空中盘旋。■

24

弗吉尼亚·伍尔夫

到灯塔去

文字：*Richard Aslan*　摄影：*Finn Beales*

“在英国西部一个明媚的海湾里，贝壳色的房子一直矗立在那里，戈德雷维灯塔闪烁的灯光照亮了这个作家的内心世界……”

我知道故事是如何结束的。她口袋里装满石头，肺里装满河水。我看着她的肖像，发现即使是她活着的时候，我也能从她脸上看到死亡，就在那空洞的眼神和茫然的面容上。一张明信片上她的头侧向一边，让人看不见脸，但也预示着灾难。不过我也知道，结局对于理解一个故事并不是最好的角度，所以我让自己重新审视这一切。我寻找生命的迹象，寻找她愿意让我们看见的快乐。我在她的眼睛里找到了幽默，她叉着腰的手和昂起的头昭示着她的风趣。勾起的唇角——一个微笑的开始，或是结束。我想起她讲过的笑话，给宠物起的名字，以及她拥有过的那些热烈的友谊。我想起她把短暂的瞬间用语言永久地保存下去的能力，这些文字像一掬海水中蠕动的鱼一样鲜活。我越看就越能感受到这个强有力而又固执地活过的人，是如此光明如此绚丽，以至于完全不能忍受普通人能忍受的黑暗。我从她的话语里寻找光明，沿着文字的轨迹回溯她一连串的恋人，回溯她轻抚过书页的沾染了墨水的手指，回溯她在破败的画室里说过的那些漂亮话语。我一路回溯下去，直到它们聚在了同一个地方。她写道："在圣艾夫斯，我度过了那么多纯粹快乐的时光。"

幼小的弗吉尼亚爬上塔兰德别墅（Talland House）的瞭望台，站在这里可以俯瞰珀瑟敏斯特海滩。从她的角度看，戈德雷维灯塔正好在画面的中间，高踞锯齿般的岩石之上。好像一个裁缝在地平线上做的粉笔标记，其上面是湛蓝的天空，下面是湛蓝的海，中间是一片土耳其色调的阴影，近处是黄色的沙滩。"设想一下，如果我的童年不是在这里，而是在萨里、萨塞克斯或怀特岛度过，"伍尔夫说起她在康沃尔度过的夏天，"那就没有任何事能比圣艾夫斯带来的改变更大，它太重要了。"她没完没了地回忆，写下大量的篇幅。大海，沼泽，像珠宝一样的海葵，是她最早的记忆、生命的基石，那个"海水不停流进来的小水塘"永远存在于她半睡半醒之间。小小的弗吉尼亚数着海浪："一，二，一，二……"除了最初的美好记忆，圣艾夫斯也给了她狂喜。"直到现在想起来，我的心中都会掠过一丝暖意。好像万物都

▶▶▶

熟了，细小的声音，阳光，空气中的各种气味。”

在她生命的第一个夏天，她的父亲带她来到了这里，这之后的每一个夏天她都在这里度过。她和她的兄弟姐妹及母亲从圣厄斯乘坐新开通的火车而来。她说圣艾夫斯是“一个多风、嘈杂、充满鱼腥味、吵闹、街道狭窄的小镇，一个贻贝色或帽贝色的小镇”。没有酒店别墅，没有沙滩小屋，没有提着小桶和小锹挖沙子的小孩儿。除了几个流浪艺术家因为喜欢这里的阳光而停留，很少有游客来这里避暑。孩子们游荡在起伏的街道上看叼着鱼骨头的猫，女人们提着桶往前面的台阶上倒脏水。就是这样的科尼什渔村，没有维多利亚时代的精致，孩子们也没有系着蝴蝶结、锁着碎花边的洋娃娃。“瓦妮莎和我，”说起自己的姐姐，她的嘴角扬起笑意，“是所谓的假小子，就是那种整天打板球、爬石头、爬树，衣服弄得乱七八糟的小孩儿。”塔兰德是个方形的房子，“就像小孩儿画里的房子一样”，是他们家从大西部铁路公司租来的。年幼的她踮着脚尖走到大厅的一面镜子前，第一次体验到那种难以名状的羞耻感，这种羞耻感伴随了她一生，从未离开。数十年后，在数百千米之外，她说：“无数次我重回圣艾夫斯，每一次都比最初那一次更真切。”

在她10岁那年夏天，某一天海湾中的灯塔上空聚满了乌云。“不祥之兆笼罩了我的乐园。”一座巨大的米色酒店拔地而起，挡在了瞭望台和大海之间，伍尔夫的妈妈茱莉娅举起手发出警告：“圣艾夫斯要被毁了。”“出租”告示出现在塔兰德街上的这座方房子外面，可是没租出去。这给圣艾夫斯的好时光留下了一段缓冲期。“危机暂时过去了。”成年的弗吉尼亚说。然而，1895年春天，圣艾夫斯的时光戛然而止，从此变成了过去。弗吉尼亚13岁时，茱莉娅过世了。“我现在还记得她的样子，在圣艾夫斯，她沿着草地走在路上，身材小巧，线条优美，身板笔直。”我在照片中遍寻不到这个有着“惊人美丽”的女子，只能看到一个线条硬朗、如雕塑般的茱莉娅，她一半的脸庞被帽子遮住了。我倒是在弗吉尼亚身上找到了她的影子，大大的眼睛，波浪般的长发，青春期特有的困惑的表情，这张照片是弗吉尼亚的姑姑拍的，她也是个名人。“圣艾夫斯永远消失了。”她的父亲再也不想看见这个地方，转身离开了。

◀◀◀

“只有写下来，才能还原一个完整的过去。这个‘完整’意味着它再也无法伤害我了。”此去经年，弗吉尼亚写她自己，写她那错综复杂、谜一样的世界。她成了现代写作的分水岭，就像同时代那些勤奋的画家和雕塑家一样，成了一个象征。弗吉尼亚·伍尔夫用笔和纸描述了活生生的现实，她记下了绚烂的色彩、斑驳的记忆、七情六欲、困顿疑惑，记下了那些捕捉飞蛾、潜水划桨的时刻，她的圈子——朋友、爱人，都是些闪闪发光、鼎鼎有名的人，他们留下了无数精彩的谈话。她的生命中充满朋友的陪伴和鼓励，有薇塔、汤姆、多萝西，还有一直陪伴她的伦纳德。他们一起做书，一起在杂乱的房子里讨论政治，他们永远非主流，埋头写书，拒绝沽名钓誉。

在英国西部一个明媚的海湾里，贝壳色的房子一直矗立在那里，戈德雷维灯塔闪烁的灯光照亮了这个作家的内心世界，茱莉娅也在那儿。“这一切无比真实，她在我13岁时就去世了，但直到我44岁，她都不停出现在我的脑海里，从未离去。”她写自己的过去，过去也在写她。母亲去世后30多年的一天，她漫步在塔维斯托克广场上，《到灯塔去》这个故事突然在她心里成型了。“它成了一个伟大的故事，不由自主地喷涌而出，”她回忆道，“我飞快地写，当我写下这一切的时候，我妈妈开始从我脑海中隐退，我再也听不到她的声音、看不到她的样子了。”她描述康沃尔，植物、动物、灯塔以及其他一切，一直写到空寂的天空。她将茱莉娅的一举一动和美全都倾注到主人公拉姆齐夫人身上。年幼的弗吉尼亚，成年的弗吉尼亚，作家弗吉尼亚，被分别写进各种角色里，最终又合在一起流出来，成了莉莉（Lilly）那幅完整的油画。弗吉尼亚写的这个自己的故事，比她创作的其他任何作品都更受欢迎、卖得更好。

现在，塔兰德别墅成了度假公寓。著名的粉色圣艾夫斯海岸上也满是冰激凌店、自动贩卖机、画廊和咖啡馆。看猫的小孩儿不见了，倒脏水的女人不见了，作家不见了，茱莉娅、瓦妮莎、伦纳德、薇塔、查理·皮尔斯和躺椅上的老沃尔斯滕霍姆先生也都不见了。然而，弗吉尼亚的圣艾夫斯尚留有些蛛丝马迹，你能在火车轨道边、后街小巷里、海潮涨落间找到它们。树叶还在，花还在，蚂蚁和乌鸦、贝壳和海浪还在；她听过的声音、闻过的气味、看过的色彩和留有的记忆都还在；“一本牛头不对马嘴的商品目录，一个浮在水上的渔网浮子”还在。■

供稿人

Alexander Lendrum | 作家 | 香港，中国

Charlie Lee-Potter | 作家 | 牛津，英国

Elizabeth Schwyzer | 作家 | 旧金山，美国

Finn Beales | 摄影师 | 瓦伊河畔海伊，英国

Jonathan Gregson | 摄影师 | 伦敦，英国

Kate Holstein | 摄影师 | 阿斯彭，美国

Kenneth Deng | 摄影师 | 香港，中国

Lorna Picton | 插画师 | 布里斯托尔，英国

Lucy Brook | 作家 | 纽约，美国

Peta O'Brien | 艺术指导 | 伦敦，英国

Rick Poon | 摄影师 | 洛杉矶，美国

Samantha Goh | 摄影师 | 纽约，美国

Stanley Cheng | 摄影师 | 香港，中国